小貍
不要哭
小小果子貍
找媽媽
原創漫畫☆秦儀
漫畫編劇☆蘇晉瑩

推薦序

學習愛護動物的好漫畫

國立台灣大學生物資源暨農學院教授　楊平世

台灣自從一九九〇年之後，森林（尤其是原始林）幾乎不再砍伐開發，可是由於仍存在「租地造林」而非真正造林的狀況，以及歷史因素造成濫墾、違建和高山農業過度開發的問題，山林中仍存在不少隱憂；加上地震、颱風和自然崩塌等自然現象，使台灣的山區面臨不少危機。

《小小果子狸找媽媽》是漫畫家和編劇，透過可愛的果子狸因為棲地迭遭破壞，和壞人盜捕野生動物，而展開尋親之旅。藉由一段段小故事，希望能激發讀者愛護動物、珍惜大自然的情操。

看漫畫學道理，愛動物護自然，這本小書沒有太多說教，所以只要翻閱過，一定會有潛移默化的功效，也是一本適合全家閱讀的生態漫畫。

目錄

人物介紹
小貍的媽媽
個性溫柔，很
疼愛小貍。
大樹爺爺
非常慈祥，會提供
樹洞讓小貍安眠。
獨行俠
總是獨來獨往的大
黑熊，面惡心善。
多多
是一隻飛鼠，小
貍在搬家時認識
的新朋友。
胖胖
小貍的好朋
友，喜歡吃
和睡懶覺。
小貍
住在山林的小果子貍，
因為和媽媽失散了，冒
險到城市中找媽媽。

第1章

快樂天堂

美麗的山林裡，到處是參天的樹木，還住著許多可愛的動物——
山豬、野兔、飛鼠……還有果子狸！對他們來說，這裡是個快樂天堂。
胖胖！快來追我呀！
等等我嘛，小狸，別跑那麼快！
呼！
呼！

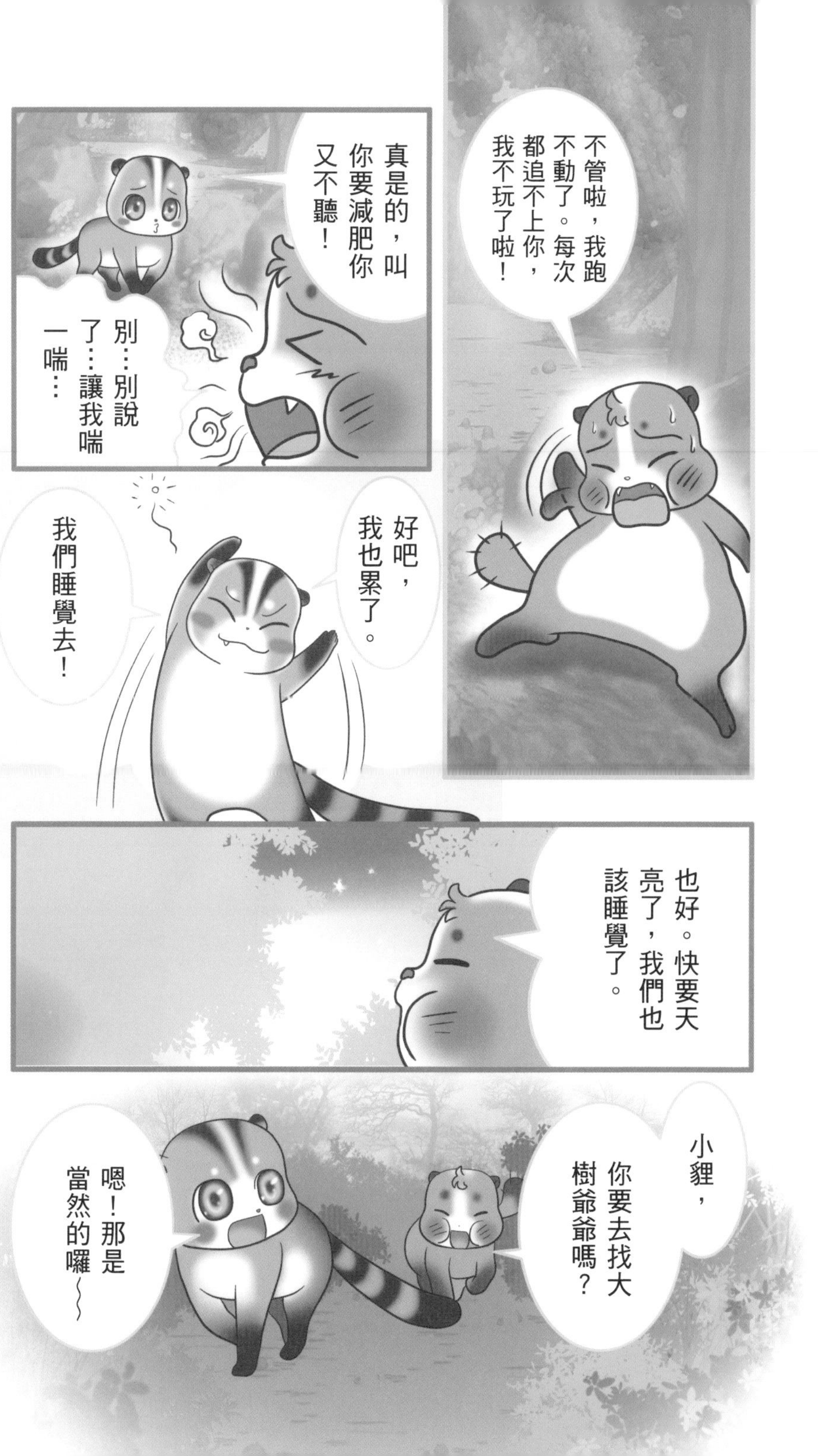

不管啦，我跑不動了。每次都追不上你，我不玩了啦！
真是的，叫你要減肥你又不聽！
別…別說了…讓我喘一喘…
好吧，我也累了。
我們睡覺去！
也好。快要天亮了，我們也該睡覺了。
小狸，你要去找大樹爺爺嗎？
嗯！那是當然的囉～～

大樹爺爺——
我們來了！
哦，是小貍和胖胖啊！

我們要來你的樹洞睡覺。快點，胖胖！
啊！
咦？這是誰呀？
喂！快起來，你不能睡在這裡！這枯葉可是我鋪的耶！你走開！
嚇……嚇我一跳……
人家睡得好好的，幹麼凶人家啦～～

小貍，你把她弄哭了。
你們果子貍是夜晚活動、白天睡覺，小野兔是白天活動、夜晚睡覺，
是啊！小貍，我也覺得你應該好好說才是！
這個樹洞正好可以讓你們輪流使用，大家應該和睦相處。
對……對不起，我太急了，所以……
沒關係。我睡飽了，天也要亮了，我先離開了。
小兔，歡迎你晚上再來啊～～

大樹爺爺，我……我不是故意對她那麼凶的。
沒關係的，小貍，你也是好孩子。你們來我這裡睡覺、
陪伴我，我每天都過得很快樂。來，睡吧！可愛的孩子。
大樹爺爺……
嗯？

我好喜歡大樹爺爺喔～
每次聞著大樹爺爺的氣味，就覺得很安心，可以睡得很安穩。
呵呵呵～～我也喜歡小貍喔！小貍跟胖胖都是可愛又活潑的孩子。
乖～～
快睡吧。
這個森林是這麼和諧、美麗，真是動物與植物的天堂啊～～
希望這樣的幸福可以一直持續下去……

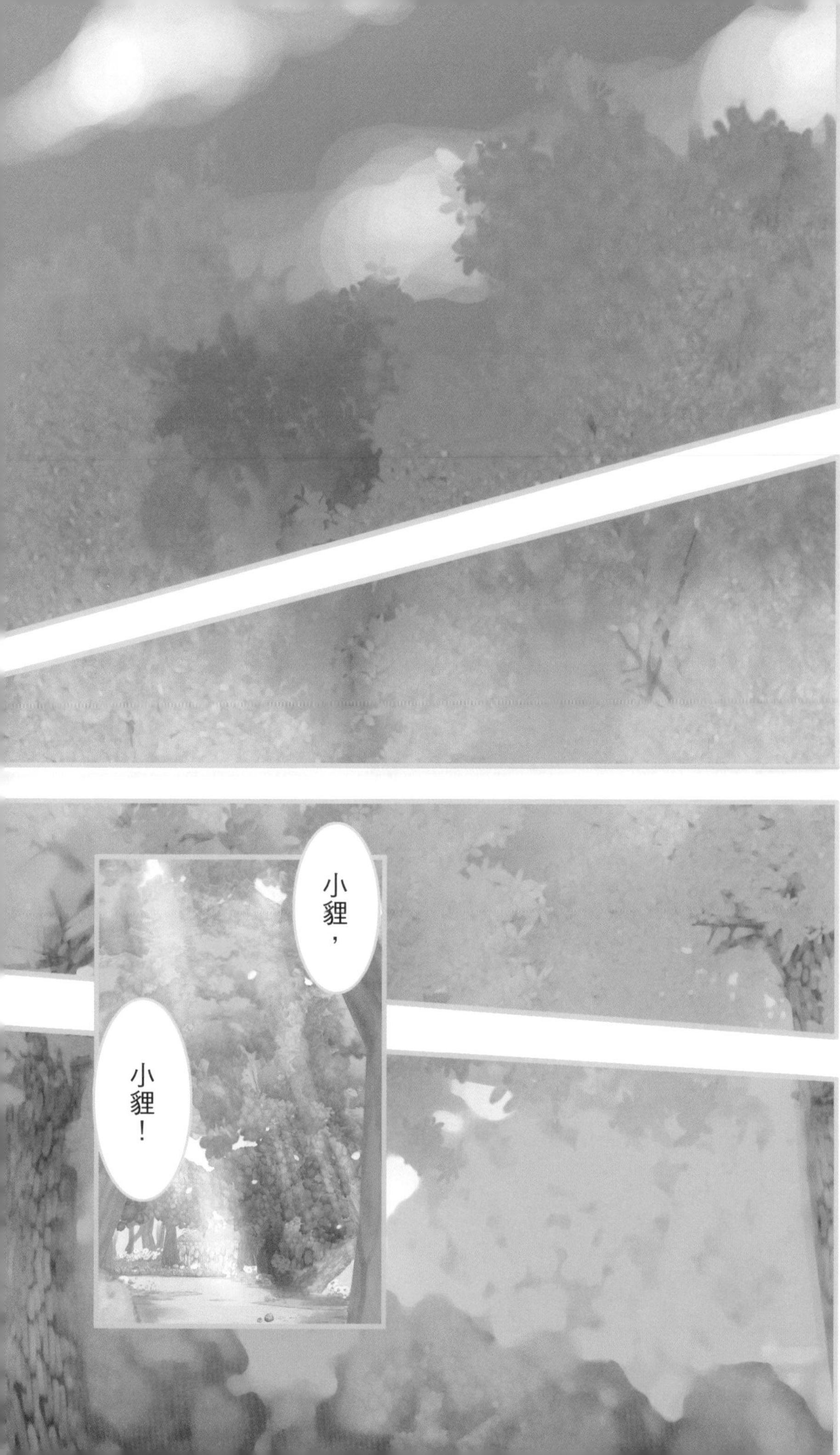
小貍，
小貍！

小貍！
咦？好像是阿姨的聲音。
小貍，醒醒，你媽媽來找你了。
不要吵我，水梨好好吃……
阿姨，我們在這裡。
胖胖！
啊！
我的小貍，心肝寶貝。

快走，來不及了！
胖胖，快跟我走！
？
怎麼回事啊？媽媽。
噓！
別出聲。

遠方出現了一群人。
他們拿著奇怪的東西……
嘰嘰嘰嘰嘰嘰嘰嘰
哇！

好可怕。
他們是誰？
他們是人類。
人類？
!?
他們想做什麼呀？
他們是來砍樹的。
砍樹？
砍樹是……
隆
轟

碰咚
啪啪啪
啪啪啪
吱！吱吱！
人類……
人類殺死了
那些大樹。

你們看！這棵是珍貴的牛樟樹呢！
大樹爺爺！

軋軋軋軋
不！大樹爺爺！不可以！
嘰嘰嘰嘰
快回來！小貍，太危險了！

碰乓
爺爺……
爺爺，你不能死……
爺爺！不……不要……

別難過，小貍，爺爺要先走了。
這裡已經無法居住了，你們要快點離開，再找個安全的地方吧！
我不要～～
我不要離開爺爺！
爺爺想睡了，再見了……小貍……你要保重……要記得……
未來不管發生什麼事情…都不要放棄希望…
說完，爺爺閉上眼睛，再也沒有睜開過。

爺爺！
爺爺！你不要死～～
哇～～～
什麼東西呀？啊！是果子貍！
下次可以在這裡放捕獸器。
聽說牠們味道不錯呢！哈哈哈！
小貍！危險！

！
快跑！小貍！快跑呀！
爺爺，再見！
我會永遠記住爺爺身上的味道，一輩子都不忘記。
再見了～～慈祥的大樹爺爺……
這個美麗的家園，
還能繼續住下去嗎？我們該怎麼辦呢？

第2章

飛鼠多多

我們的家園……
變成這樣，大家都沒辦法住下去了。
唉～～這些可惡的人類！
只好尋找新的地方居住了。

好懷念那片森林和綠色屋頂哦，唉～～
別看了，那裡已經沒什麼好留戀的，不是嗎？
人類……下次看到他們，一定要躲得遠遠的！
我們要搬到沒有人類的地方才行。
那可能要走很遠、很遠的路才能擺脫他們。我看，你還是先減肥好了！
咻
這個嘛……

我沒看錯吧？剛剛是不是有個黑影飛過去？
我也看見了，可是，一眨眼就不見了。
咻——
在那裡！走，我們過去看看！
沙沙沙——
噓！別出聲。
我好怕，是什麼東西啊？

刷！
我看到他了！
哎喲！
好痛啊！是誰呀？
你想做什麼？為什麼鬼鬼祟祟的？
我哪有鬼鬼祟祟？
我天生就是這樣子啊～～

真是的，弄得我一身是草。
你有翅膀耶！你是鳥嗎？
我是飛鼠，我叫多多，
我不是鳥。
可是，你有翅膀……
這個嗎？這是我用來滑翔的重要工具喔～～
你們看！

那是你的家人嗎？
你們也要搬家嗎？
是啊。你們也是嗎？
嗯。這片森林已經不適合我們果子貍居住了。樹都被砍光，到處都是被人類破壞的痕跡。
我們也是。
我們大部分的時間都待在樹上，有了樹林，我們才能行動自如，樹對我們太重要了！
有了樹你們才能飛嗎？

嗯……嚴格來說，應該是滑翔才對！
我們可以在樹林間自由自在的穿梭，全靠這對大大的翼膜來滑翔！
哇！好酷喔！
唉～～沒什麼好羨慕的。
沒有了樹，我們不知道要怎麼活下去。

和我們一起走吧！
聽說，往山上走，還有一片大森林。
我也很想啊。
可是，我們行動的方式不一樣，沒辦法走相同的路。
太可惜了，好不容易認識新朋友。
我叫小貍。
很高興認識你！
我是胖胖！
你好！
……

小貍！
快點，快跟不上大家了！
我們得走了，
希望以後還有機會見面。
再見，多多！
嗯，
我們會再見面的。再見！

小貍，你怎麼沒跟多多說再見？
不知道為什麼，
我不喜歡說再見。
怎麼會呢？以前你不會這樣啊？
說「再見」會讓我想起大樹爺爺倒地的樣子，
我的心就好痛、好痛……

我討厭……
我討厭說再見……
小貍……
我不要說再見……
那些失去的永遠不會回來了……
不管是家園還是大樹爺爺。
我好怕說了「再見」，卻不能再見面，
所以我不想說再見。

山的另一邊真的能找到新的樂園嗎？
一個沒有人類破壞的動物天堂……

小貓女帶你認識新朋友！

小朋友，我是小貓女，
讓我們一起來認識果子狸吧！
果子狸喜歡住在樹洞裡，平常都吃樹葉或是小果實。
我們是夜行性動物，晚上出門、白天睡覺。
哎呀呀～～那不就跟我一樣嗎？
……
偶而，我們也會吃老鼠、青蛙、蚯蚓這些小動物……
啊……
大家對果子狸是不是更了解了呢？
讓我們一起來愛護動物吧！

第3章

孩子，别哭！

也不知道走了多遠，來到山間的溪流邊時，大家已經又累、又餓、又渴。
小貍，我們還要走多久啊？
我不知道……
同行的夥伴……
變得越來越少了……
這一路上，很多不熟悉陌生環境的同伴，一不小心就栽進獵人設下的陷阱；有些也選擇走不同的路，尋找適合他們居住的地方……

你看，我爸媽跟你媽媽不知道在說什麼？
胖胖，我們決定沿著溪流走，現在要跟小貍他們分開了。
小貍，胖胖！
咦？
啊？

為什麼不能一起走呢？媽媽？
你媽媽知道通往目的地的捷徑，可是那條山路太陡了，我們怕胖胖和他妹妹沒辦法走，所以決定繞遠路。
這是我們的決定，小貍。
……
小貍……
……
沒關係，我們在新的家園見面吧！
嗯！

那麼，再見了。
請多保重。
小貍，再見！
小貍，胖胖在跟你揮手道別呢！你不回應一下嗎？
剛剛道別過了。
我不喜歡說再見！
胖胖……不說再見……是為了要再相見……

走吧，我們也要趕路呢！
小貍，你要學習分辨——
人類設下的陷阱。
你看——
那裡有一堆看來很平常的樹葉，這時，要小心下面會有大坑洞！
還有，看到前面的繩子了嗎？小心它會纏住你的腳。

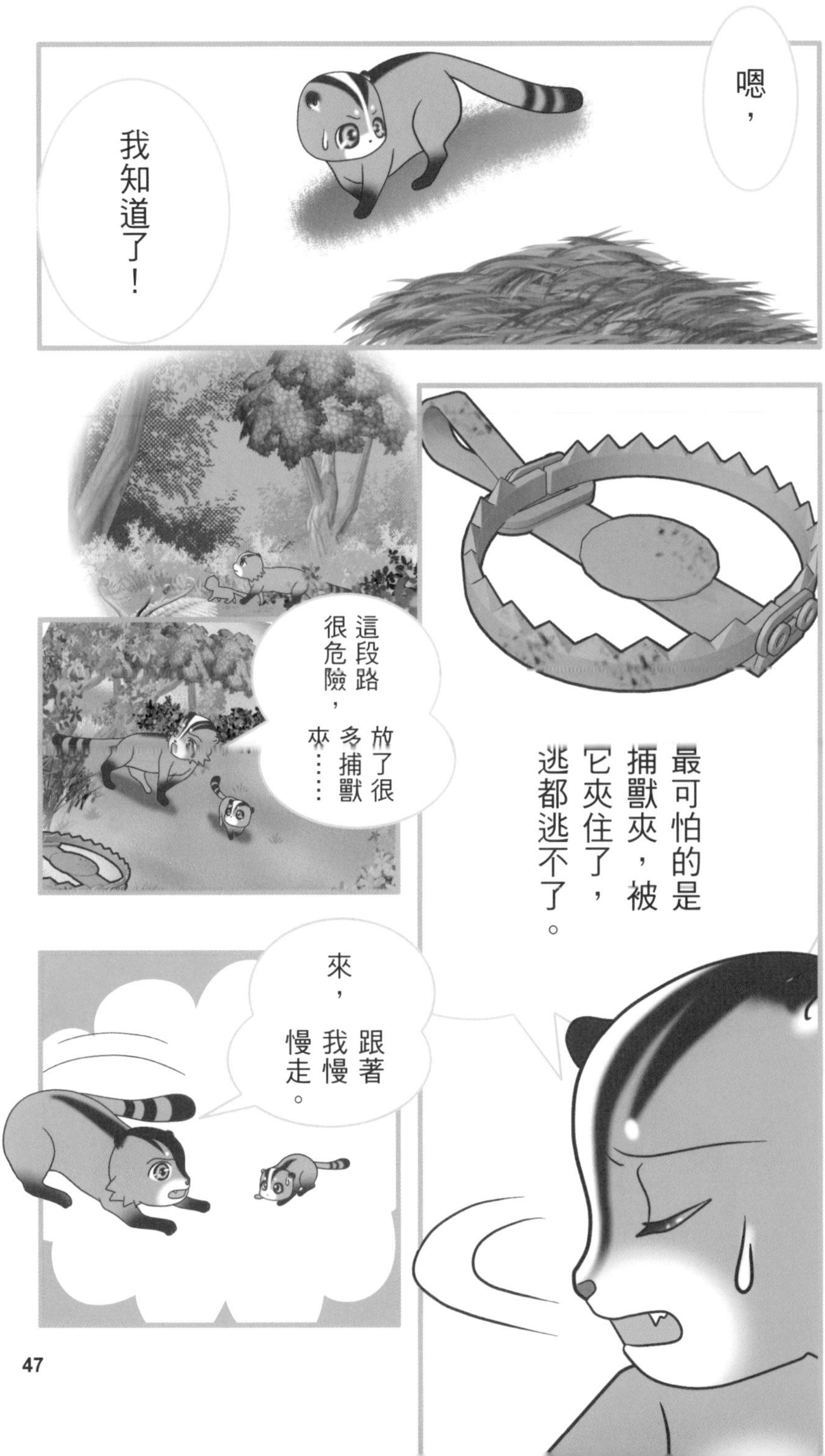

嗯，
我知道了！
這段路很危險，放了很多捕獸來……
最可怕的是捕獸夾，被它夾住了，逃都逃不了。
來，跟著我慢慢走。

嘎——嘎——
哇！
小心旁邊！
喀喳！

啊！
喀啦
哎喲！好痛！糟糕……
嗚……
媽媽！
媽媽！
媽媽！

孩子，別哭。
媽媽沒辦法帶你走了，你要勇敢，
趕快離開這裡！
我不要！
我要媽媽！
小貍，聽我說，
媽媽沒救了，只要人類一來，媽媽很可能……
我不要人類來，
我討厭他們！嗚……
小貍乖～
人類可能會把媽媽帶到山產店，
就像你爸爸一樣。嗚……

像爸爸一樣？
那我不就永遠都看不到媽媽了！我不要、我不要！
嗚嗚……不要！我不走，我要和媽媽在一起。
不行！你忘了胖胖嗎？你們不是約好了要再見面？
男子漢說話要算話喔！小貍，答應我，媽媽不在你身邊了，你要更堅強、更懂事。趁人類還沒來，你快走吧！

……
媽媽，我要媽媽……
喀嚓
人類來了！
小貍，快逃！

我不要離開你，媽媽……
媽媽求求你快走，不要讓我擔心。
快點！你再不走，我要生氣囉！
可是……
喔～～抓到一隻。
快走！

那裡還有一隻小的喔！
網子拿來，我一起抓。
！
小貍，
快走呀！
啊！可惡～～竟然咬我！
小貍，快逃…快…
媽…媽媽…

嗚哇啊啊啊啊啊啊啊啊！
媽媽被人類抓走了！要不是因為我被烏鴉嚇到，她也不會踩到捕獸夾。
媽媽～～
媽媽～～
媽媽～～
媽媽～～

我不能哭！
我不能放棄！
大樹爺爺臨死前，
要我不能放棄希望……
我要去找媽媽！
我要把媽媽救回來！

人類……
人類是從這裡過來的……
我要很小心的避開，不能被他們發現……
媽媽，你等我，
我們要一起到新的森林樂園去！

一起來愛護動物吧！

小朋友，上課時間又到囉～～
捕獸夾是很殘忍的捕獵工具，被夾傷的動物就算逃脫，也會變成殘廢，無法正常活動。
嗚嗚……好痛喔～～
想保護野生動物就不要吃牠們喔！我們的食物已經很多了，真的不需要再去吃那些野生動物～～
對啊。我還有孩子要養呢，嗚嗚……
而且，野生動物身上常會有一些寄生蟲，一起吃下肚也會危害健康。
哼！寄生蟲，為我們報仇！
小朋友，一起來愛護動物吧！
嗯，就從不捕獵、不吃野生動物開始做起！

第4章

黑熊獨行俠

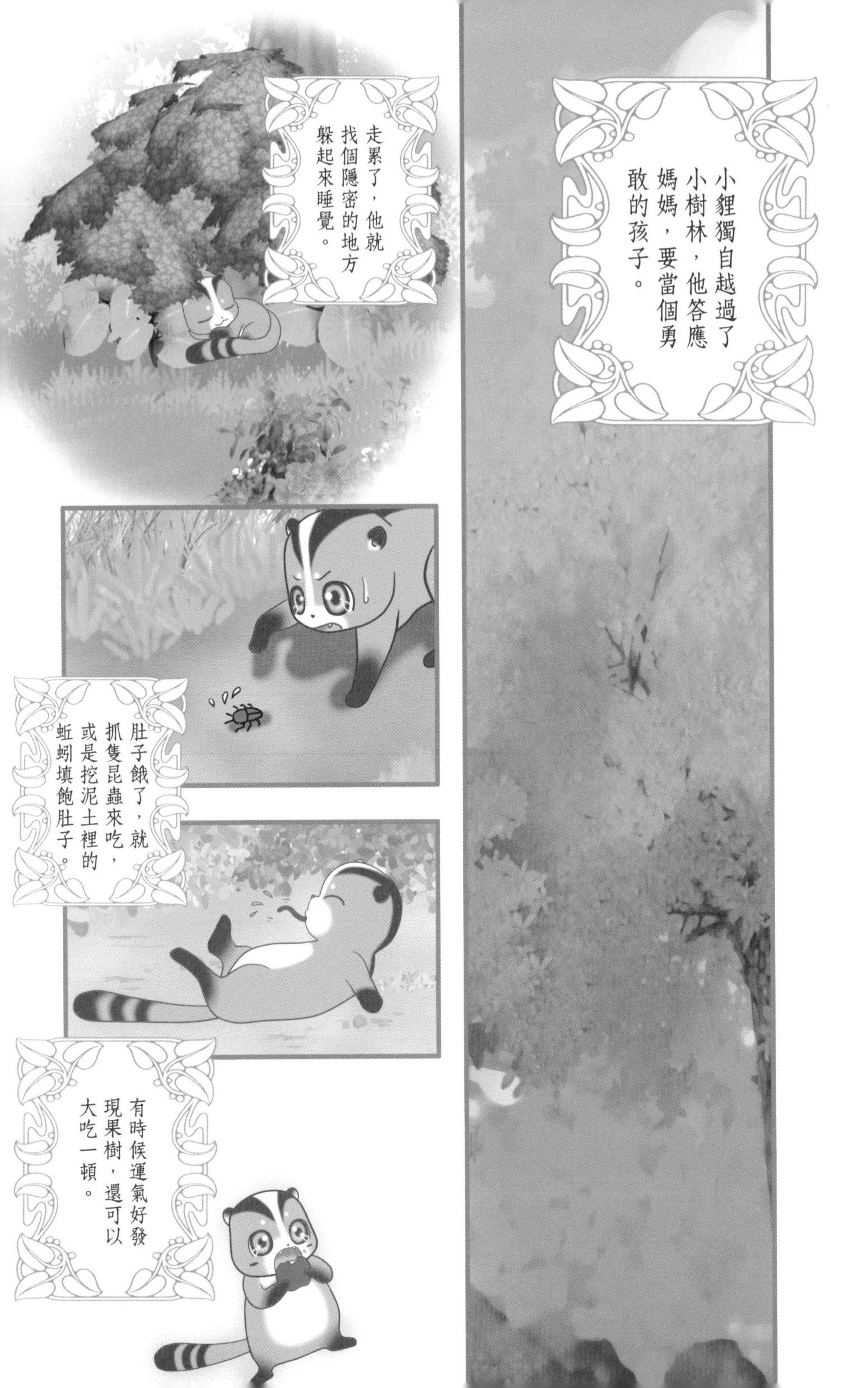

小貍獨自越過了小樹林，他答應媽媽，要當個勇敢的孩子。
走累了，他就找個隱密的地方躲起來睡覺。
肚子餓了，就抓隻昆蟲來吃，或是挖泥土裡的蚯蚓填飽肚子。
有時候運氣好發現果樹，還可以大吃一頓。

這是哪裡啊？
喂——有人嗎——
喂——有人嗎——
媽媽～你在哪裡——
媽媽～你在哪裡——

這麼多天了，我還沒找到媽媽被人類帶去的地方，真的好擔心啊~~
我是嗷嗷大哥哥~
我是嗷嗷大哥哥~
沙！
你有完沒完啊？小子。
哇嗚！

危險！
對……對不起……我不知道你在這裡，吵到你了。
算了。
叔叔，你好強壯喔！請問你是？
我是臺灣黑熊，
胸前的V字形白毛是我們的標誌。
你說我強壯？哼！跟以前比，我現在瘦弱多了！
我們曾經是山中的霸主，但是，現在的霸主……是人類。

為什麼？你生病了嗎？
自從人類進入森林，破壞我們居住的地方後，許多動物都跑走了，樹也被砍光；
因為食物越來越少，逼得我們只好下山找吃的。唉～～以前的同伴都不知去向，我已經好多年沒看過他們了……
算了，說了你也不會懂！我走了。
等一等！
你知道人類住在哪裡嗎？

人類？
你找人類做什麼？
我媽媽被人類抓走了，我想去救她。
唔……
要救媽媽……
勇氣可嘉，但是很愚蠢。
被人類抓走只有死路一條！尤其是特地到森林來捕獵的人。

我……我不管！
不管能不能救出媽媽，我一定要找到她。
……你要找人類是你的事，別跟著我就好！
我是獨行俠，不習慣跟人作伴。
拜託！
不然，你告訴我該怎麼走，好嗎？
不要問我人類的事，我光是想到就討厭！
小子，回家吧！你救不了媽媽的！

黑熊叔叔……
拜託你～～
叔叔……不要丟下我……
哇——
吵死了！
你這樣跟著我，煩不煩呀？

來，
過來這邊！
回森林去吧！看，那裡還有一片森林，
很多動物都搬過去了。你往那條路走，應該會到。
你不去那裡嗎？叔叔。
我不喜歡太多人，
我習慣獨來獨往。
我也想去那個森林，
但不是現在。
我要先找到媽媽。

……真拿你沒辦法……
走，我帶你走一條近路！
不要小看這條奇怪的路，
那是什麼呀？
我看過一條長長的、發出怪聲的東西，載著人類從上面衝過去。
你要小心，那個長長的東西跑得很快！

我帶你過去。
到這邊就安全了。
你沿著這個的旁邊走，應該就可以找到人類。
謝謝你，黑熊叔叔。
別黑熊長、黑熊短的，
我叫獨行俠！
獨行俠叔叔，我叫小貍！

哦~~
原來你不是叫無敵大帥哥啊？哈哈哈……
哎呀，叔叔，你就別糗我了。
好了！我要回去了，再見！
再……
……
對不起……

我不想說
再見……
喀恰喀恰喀恰
嘟嘟……

磅
獨行俠叔叔——
獨行俠叔叔！
砰！

叔叔……
叔叔……
叔叔，你還好嗎？

都是為了帶我找路，叔叔才會受傷……
希望叔叔沒事。
嗚……
快點！
我要快點找到媽媽！
從此，小狸沒再看過臺灣黑熊獨行俠，
也不知道他的傷勢要不要緊……

失去棲身之處的動物們

小朋友，
看到黑熊的遭遇，是不是很心疼呢？
臺灣黑熊被火車撞到，是真實的新聞事件喔。
嗯，新聞有播出。
臺灣黑熊事件簿。
新聞也報導過，有臺灣黑熊在果園出沒……
哼！山裡找不到東西吃，當然就來這裡找啦！
喂！
這裡免費吃到飽ㄟ！
資源回收
Recycle
這是因為山林被人類過度開發，野生動物無法生存……
小朋友，一起來愛護森林、保護森林，留給野生動物一個安心生活的地方吧！
人類也是大自然的一部分！讓我們和平共處吧！

第5章

老奶奶的木箱

小狸一邊沿著鐵軌走，一邊擔心獨行俠叔叔的安危。
叔叔沒事吧？
被那個怪東西撞到，一定很痛……
叔叔那麼強壯，
一定沒事的！沒事……
咦！這是什麼地方？

哇！有蘋果耶！
嗯……
真好吃！
這顆桃子也不錯！

哦……是一隻果子貍啊。
哇~
人……人類……
啊~~我吃得太開心了，怎麼都沒注意到有人靠近呢？怎麼辦？
呵呵呵……不怕、不怕，你盡量吃喔。
她走了。
她沒對我怎麼樣……

她應該不會再回來了吧？
好吃！真好吃！
沒吃過這麼好吃的水果！
喀嗒
咻

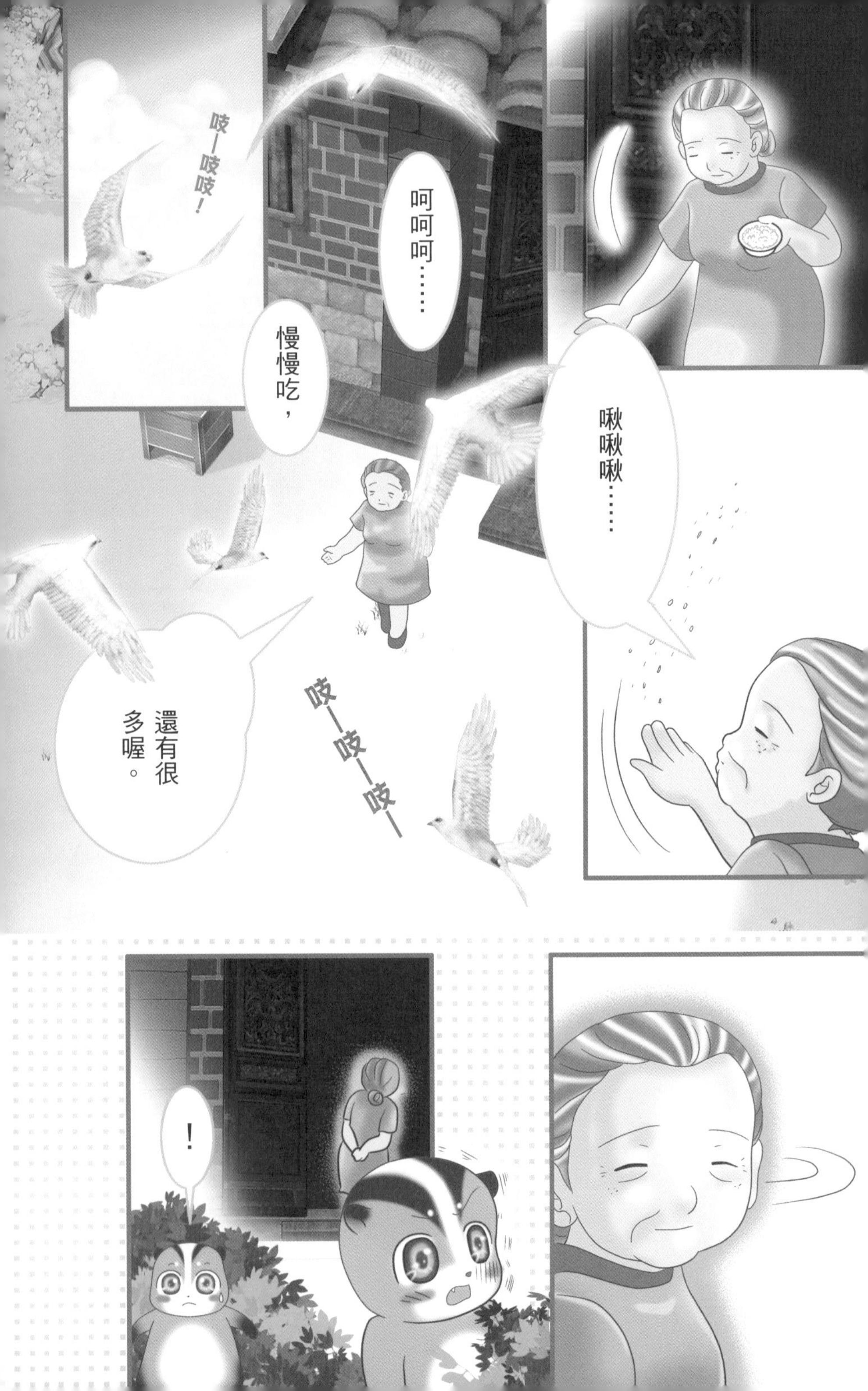

啾啾啾……
呵呵呵……
慢慢吃，
還有很多喔。
吱—吱吱！
吱—吱—吱—
！

這個老奶奶不像壞人。
可是，我對人類還是怕怕的……
不管怎樣，還是快離開這裡吧。
咦？
這個味道？

這個味道……
沒錯，這是大樹爺爺的味道！
這是我一輩子都忘不了的味道，我好想念爺爺哦～～
你喜歡它啊？
這兒有個小洞，你可以鑽進去睡覺。

爺爺，
我好像又回到
你的懷抱裡了～～
好舒服～～
趕了好幾
天的路，
難得吃得這
麼飽又睡得
這麼舒服……

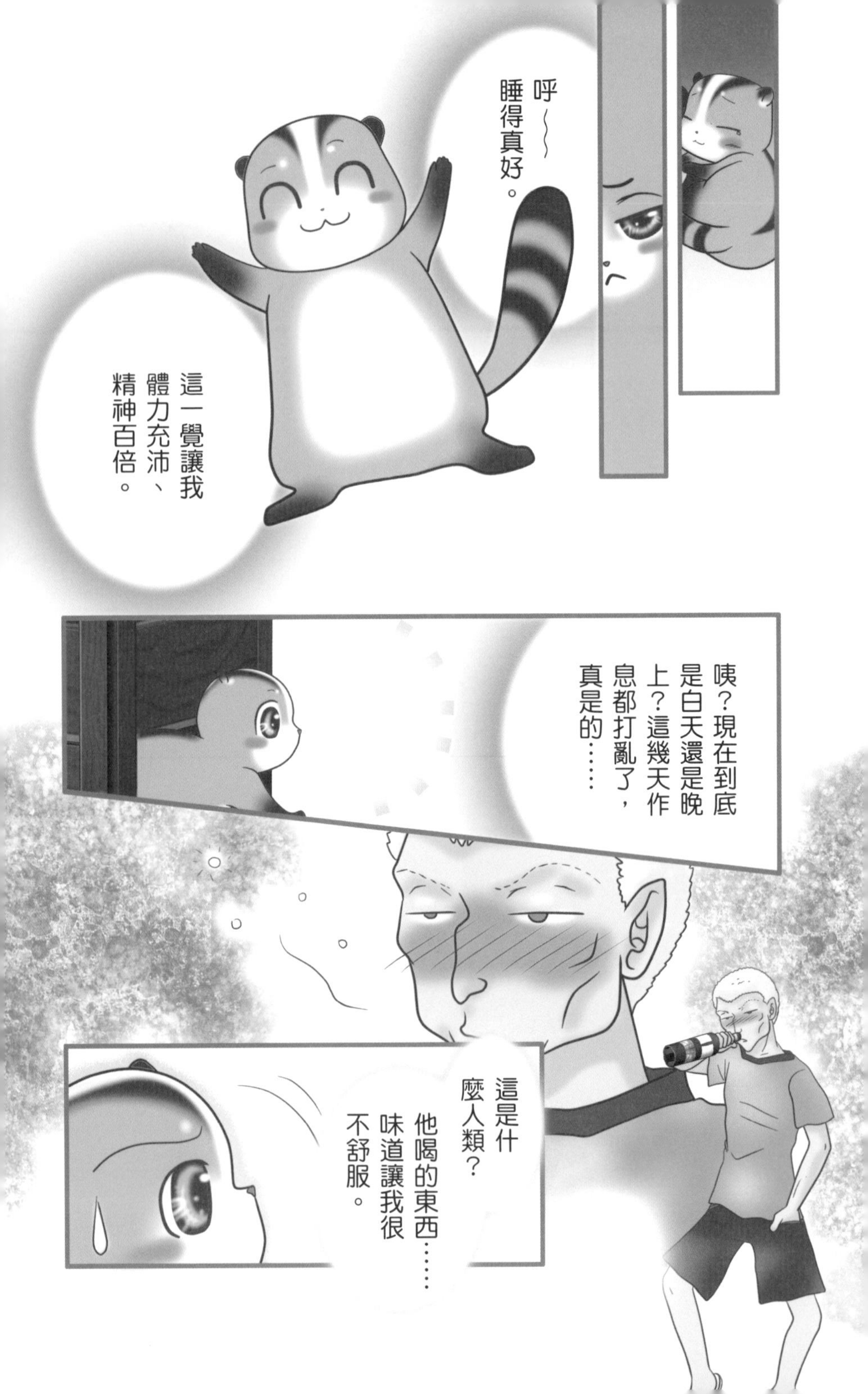
呼～～睡得真好。
這一覺讓我體力充沛、精神百倍。
咦？現在到底是白天還是晚上？這幾天作息都打亂了，真是的……
這是什麼人類？
他喝的東西味道讓我很不舒服。……

喂！
吃肉了，吃肉！
……
不吃就算了，這隻笨鳥！
砰！
那是肉嗎？看起來好像很好吃。

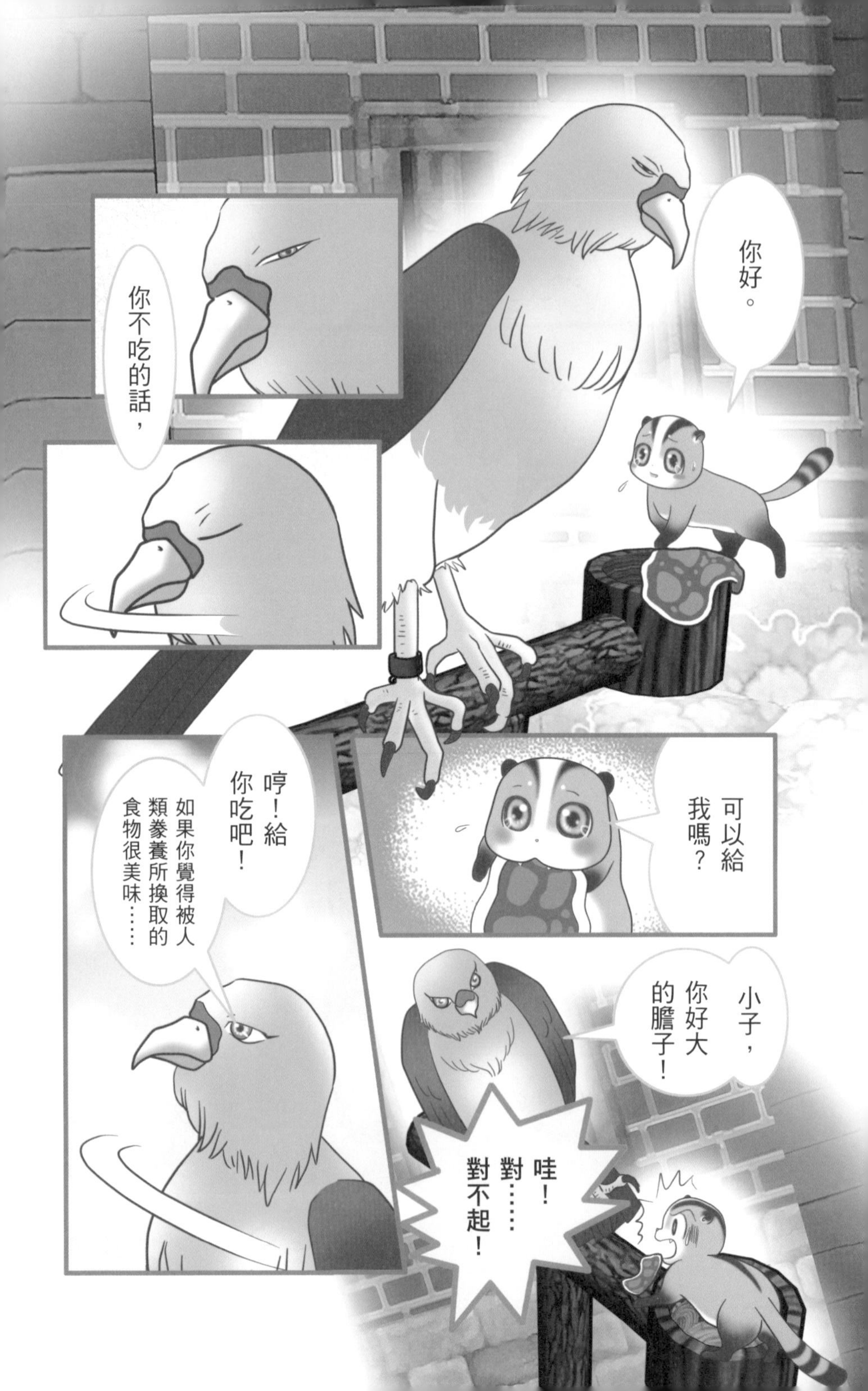
你好。
你不吃的話，
可以給我嗎？
哼！給你吃吧！
如果你覺得被人類豢養所換取的食物很美味……
小子，你好大的膽子！
哇！對……對不起！

你為什麼會在這裡呢？
看看我的腳，被這鬼玩意兒鎖住，哪裡也去不了。
我原本是天空的霸主，
藍天再大，我也無懼的翱翔，而現在……
哼！像你這樣的小傢伙，我從天上攻擊，從來不會失手！
我……我知道。
媽媽有說過，要注意在天上的大鳥。
怕什麼？
我現在什麼也抓不到了。

廣闊的藍天、自由的風……
唉~~我再也回不去了。
那個人……他為什麼要這樣對你？
這就是人類！只要是想要的，他們都要弄到手，
從來不在乎對方的感受。
是的。
美麗的家園、大樹爺爺，還有媽媽……
人類也是想要就帶走，從來不管我們願不願意。
那個老太太對動物還不錯，她不會抓你；但是，被她兒子看到就慘了。我要是你，就會趕快逃走，不要再被食物迷惑。
那個男人是老奶奶的兒子嗎？

一樣是人類，怎麼差別那麼大？
誰知道？人類就是這麼奇怪。
喀喳！
啊！你這臭貍！想對我的小鷹怎麼樣？
快走！小鬼！他可是很粗暴的。
可惡！你想偷咬我的老鷹，
對不對？
哇——
好可怕，好可怕的人喔！
對了，快躲進大樹爺爺的箱子。

給我出來！竟敢咬我的老鷹！
出來！
嗚嗚……我好怕……
不出來？
哼！
乓
哇——

給我回來！我要打死你！
嚇……
嚇死我了！
祝福你，
老鷹，希望有一天你可以逃離那裡。
我不會……
再相信人類了！

天空是鳥兒們的舞臺

小朋友，
看到老鷹被鎖在柱子上，是不是很不忍心呢？
老鷹原本是天空的王者，卻被這樣綁在地面上，真的好可憐喔！
唉～～我真是生不如死。
大家想想～鳥類是飛在天空的生物，卻因為人類的自私被關起來或綁起來，心裡有多悲傷啊～
不管給他們多好的食物，住多美麗的籠子，對鳥兒來說，天空才是最愛的舞臺，飛翔在天空，才是最快樂的～
好好喔～～可以飛在天上，感覺好自由、好帥氣喔！
嗯。
但是，不要抓我去吃，可以嗎？
我考慮、考慮……
但願所有的動物都自由又幸福喔！

第6章
籠中的生活

離開了老奶奶的家，小貍沿著鐵軌繼續往前走。
記得獨行俠叔叔說，往這裡一直走，應該沒錯……
咦？
人類越來越多了，
跟我以前住的地方也越來越不像……
獨行俠叔叔說得沒錯。
這裡應該就是人類住的地方了。

那邊的小傢伙！
汪！
啊！
你不是屬於這裡的生物吧？
嚇我一跳。你是誰？
看不出我是一隻黃金獵犬嗎？
我可是人類的好朋友喔！
人類的朋友？
唉~雖然說是人類的好朋友，但是，也不是每個人類都會善待我們。
你看，我被這樣綁著、頂著大太陽，
也沒人在乎我有多熱！

喔……人類真的很壞呢！這樣對待你。
算了，這是當狗的宿命。
你在這裡東張西望的做什麼？小心那些車子會撞上你。
我要找媽媽……
找媽媽？
是的，我媽媽被捕獸夾夾住，讓人類抓走了。
請問，你有沒有看到我媽媽？
這樣呀～～
轉角那家店好像關著一隻果子貍。

真的嗎？我現在就過去！
小心點，小傢伙！
嗯。謝謝你喔！
動物標本
動物標本
旗艦店
清倉大拍賣99
看到了！
媽媽！我是小貍！

媽媽？
不是媽媽？
你怎麼了？怎麼不說話也不會動呢？你還活著嗎？
啊！那是什麼？一隻果子貍耶！
哇！被發現了！
怎麼辦？
怎麼辦？
嗚……

怎麼回事？
隔壁的先生，你來得正好。
在那裡，是一隻果子貍。
我看到牠了。
嗨！小東西，你是怎麼進來的？

我可以幫你抓牠，
但是，可不能把牠做成標本喔！
開…開什麼玩笑？我們不殺動物的，都是直接進貨…
呵！
死掉做成標本的你不怕，看到活的卻怕成這樣。
來吧！
小東西。
別碰我！
別碰我！

嗚～
哦～～
你咬我！還好我有戴手套。
來來來，這個給你。
喔，正好裝得下這小東西。
乖乖的～～小傢伙。
放我出去！
放我出去！

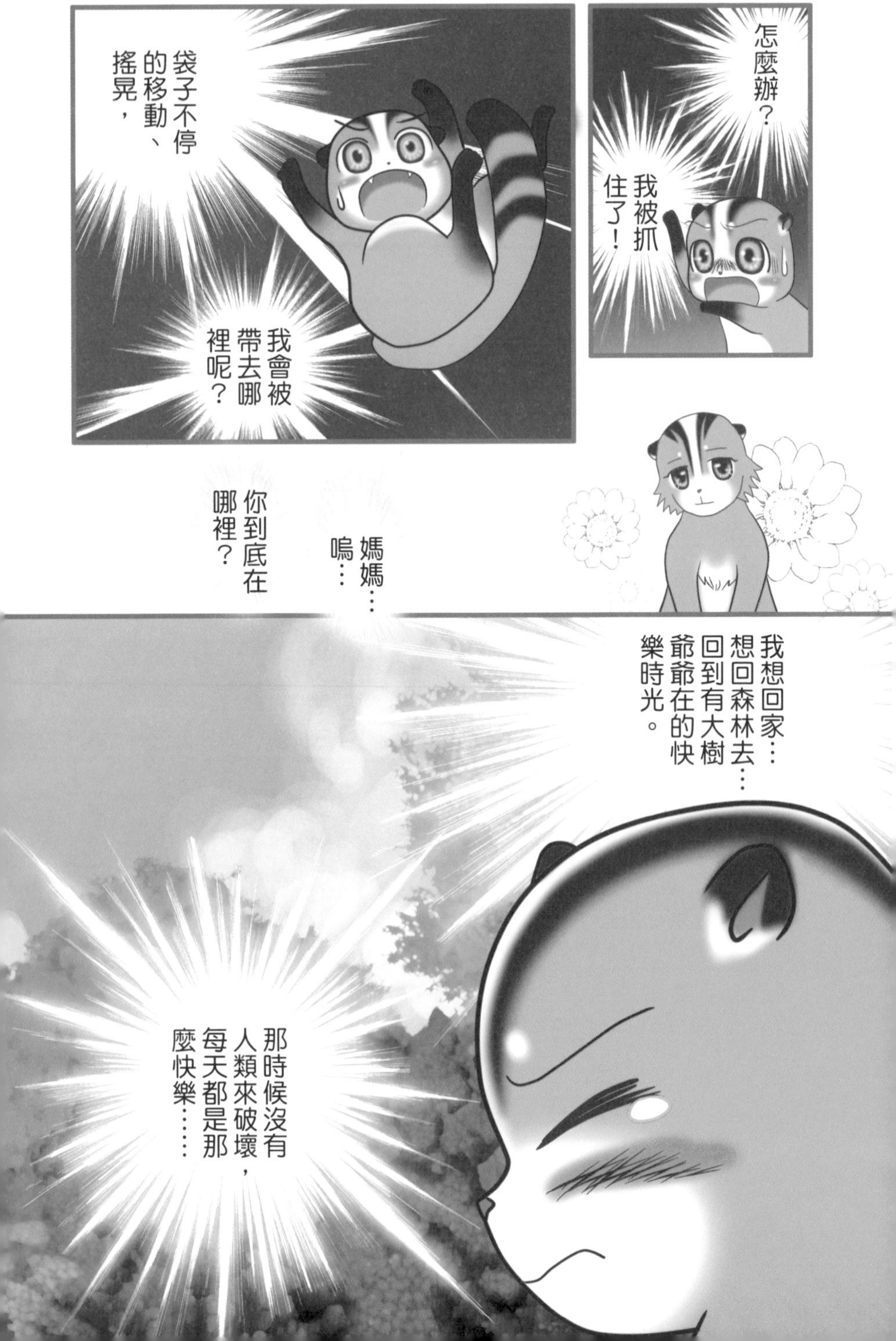
怎麼辦？
我被抓住了！
袋子不停的移動、搖晃，
我會被帶去哪裡呢？
媽媽……嗚……
你到底在哪裡？
我想回家……想回森林去……回到有大樹爺爺在的快樂時光。
那時候沒有人類來破壞，每天都是那麼快樂……

咦？停止移動了？
嗚～～
刺眼
你看，爸爸抓到一隻小果子貍。
哇！
好可愛喔！

來！進籠子去。
牠好可愛，我好喜歡喲～～
謝謝爸爸。
要幫牠起什麼名字呢？
小乖！我要叫牠小乖！
小乖啊？哈哈哈！
哈囉～～小乖你好，
我是小琪。

我要被吃掉了嗎？
媽媽，我再也見不到你了。嗚……
……！
來！
你餓了吧？這個給你吃。

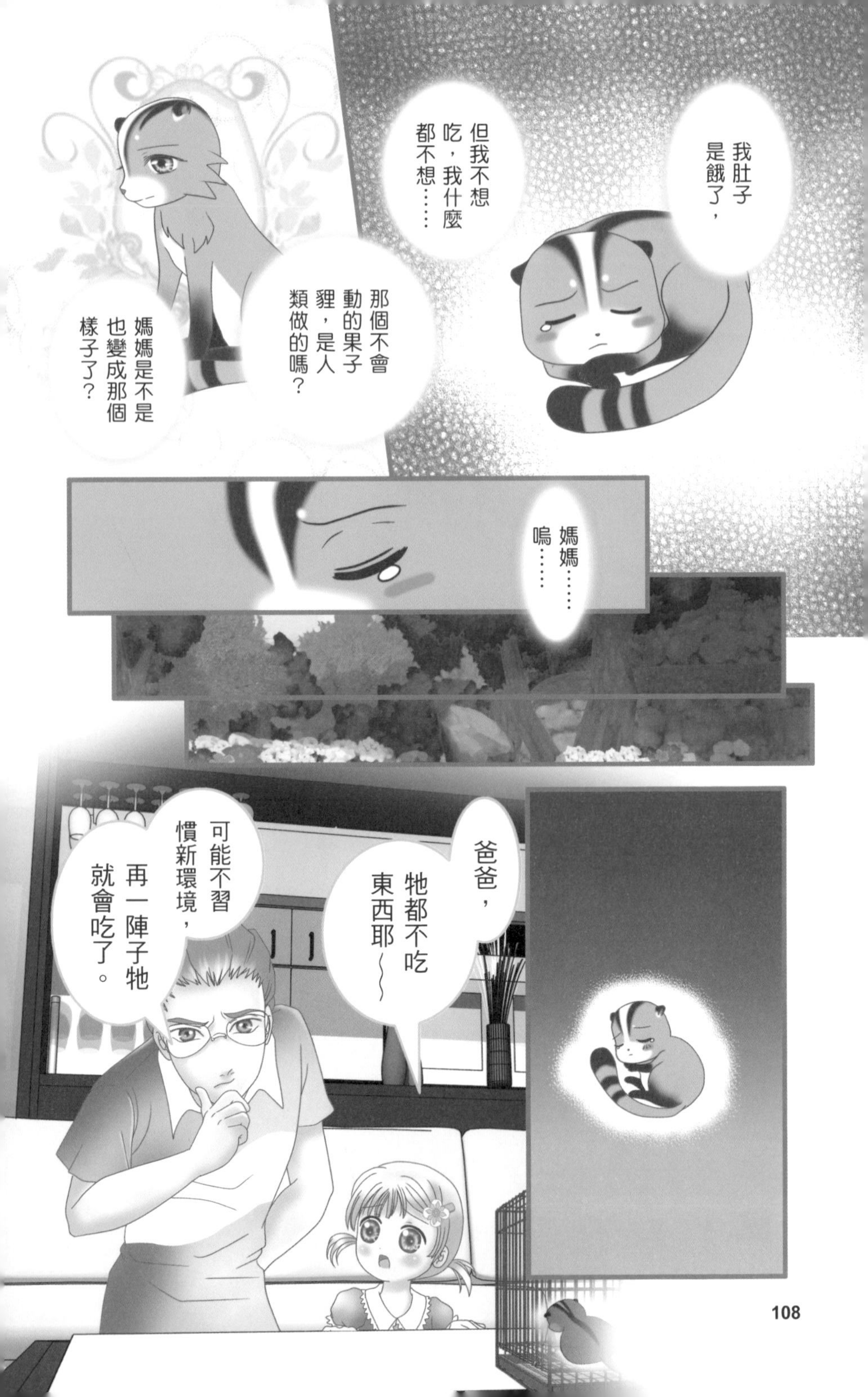
我肚子是餓了，
但我不想吃，我什麼都不想……
那個不會動的果子狸，是人類做的嗎？
媽媽是不是也變成那個樣子了？
媽媽……嗚……
爸爸，牠都不吃東西耶～～
可能不習慣新環境，再一陣子牠就會吃了。

然而，爸爸的想法錯了。
雖然小女孩和她的家人都很喜歡小狸，對小狸非常友善，
籠子裡的小狸還是非常沮喪，連續幾天不吃也不喝，身體越來越虛弱。
怎麼辦？小乖都不吃東西。牠是不是生病了？爸爸！
嗯……我也不知道。
牠是不是感冒了？
我們帶小乖去看醫生，好不好？

小鎮動物醫院
也好。山下有間獸醫院，我們帶牠去看看好了。
小鎮動物 醫院
嗯……
牠的身體沒什麼大礙，只是……
只是什麼？

牠有心病。這不是靠打針、吃藥就會好的。
心病？
對野生動物來說，自由是牠們最珍貴的東西。
再說，野生果子貍已經列為保育類動物了，現在，唯一能救牠的辦法就是野放。
讓牠回到熟悉的山林，牠才能得到真正的快樂，因為那才是牠的家。

原來是這樣……我們做錯了。
對不起，小乖，我們太自私了。
爸爸，我們現在就帶小乖回牠的家，好不好？
當然好。
走吧！

到了！小乖，你家到了。
咦？
去吧！小乖，你要健康、平安的長大喔！

這個蘋果
留給你吃，
要吃得
壯壯的
喔~~~
搞不懂
他們要
做什麼……
但是……
再見了！
小乖。要
快點好起
來喔！
咻！

其實，有些人類還滿親切的。也許……
肚子……
餓了……
好吃！
餓的時候，東西都特別好吃！
我再也不要被關在籠子裡了！
大自然的空氣聞起來真是舒服，我終於又回到野外。

愛牠就要尊重牠
看到這一章，
大家是不是覺得小貍被關起來很可憐呢？
失去自由比死還難受啊～～
動物跟人類一樣，也需要自由，
所以被關起來會很痛苦。
對啊！
不要再把我們關起來了，就算提供再好吃的食物，也會變得沒味道⋯
小朋友，愛護動物就要尊重牠們的生活自由，喜歡牠，不是把牠關起來擁有。
愛我就祝福我～～
讓我們一起更加尊重地球上的動物好朋友吧！

第7章
可怕的颱風

前面也許就是媽媽說的那一片山林，
說不定，我在那裡可以遇到胖胖呢！
咻咻咻
哇！好大的風喔！
呼呼呼呼
嗚～～開始有點冷了……
啾啾啾啾～～
奇怪，天空的雲怎麼變得那麼多？

請問，你們在忙什麼？
是不是又有人類要來砍樹了？
人類？嗯，跟人類的破壞力是差不多。
那是什麼？
颱風啊！颱風！
大家都離開了，你不知道嗎？有個颱風要來，大家都到深山裡找地方躲避了。
颱風？
是啊！我勸你還是快去找個地方躲吧！
以前我和媽媽好像遇過一次，又颳大風又下大雨的，森林裡都是咻咻咻的聲音，好可怕！

不得了！颱風要來。
怎麼辦？
我要趕快找地方躲起來才行。
呼呼～～
嗚嗚……怎麼辦？遇到颱風沒躲起來的話，我一定會死掉的。
哇啊！
怎麼辦？怎麼辦？
小貍，
不管發生什麼事，都不要放棄希望喔！

是的！
我不能放棄！
快想想……
媽媽帶我去過什麼地方？
鎮定！
我要鎮定！
小貍，颱風或是大風雨來的時候，要找個可以遮蔽風雨的樹洞或山洞躲起來，知道嗎？

快找樹洞……
媽媽……媽媽說過的話，我想起來了！
討厭！你到別處去嘛！
這裡有人了啦！
這裡已經擠不下了啦～
這裡客滿了！
你走開！
走開！

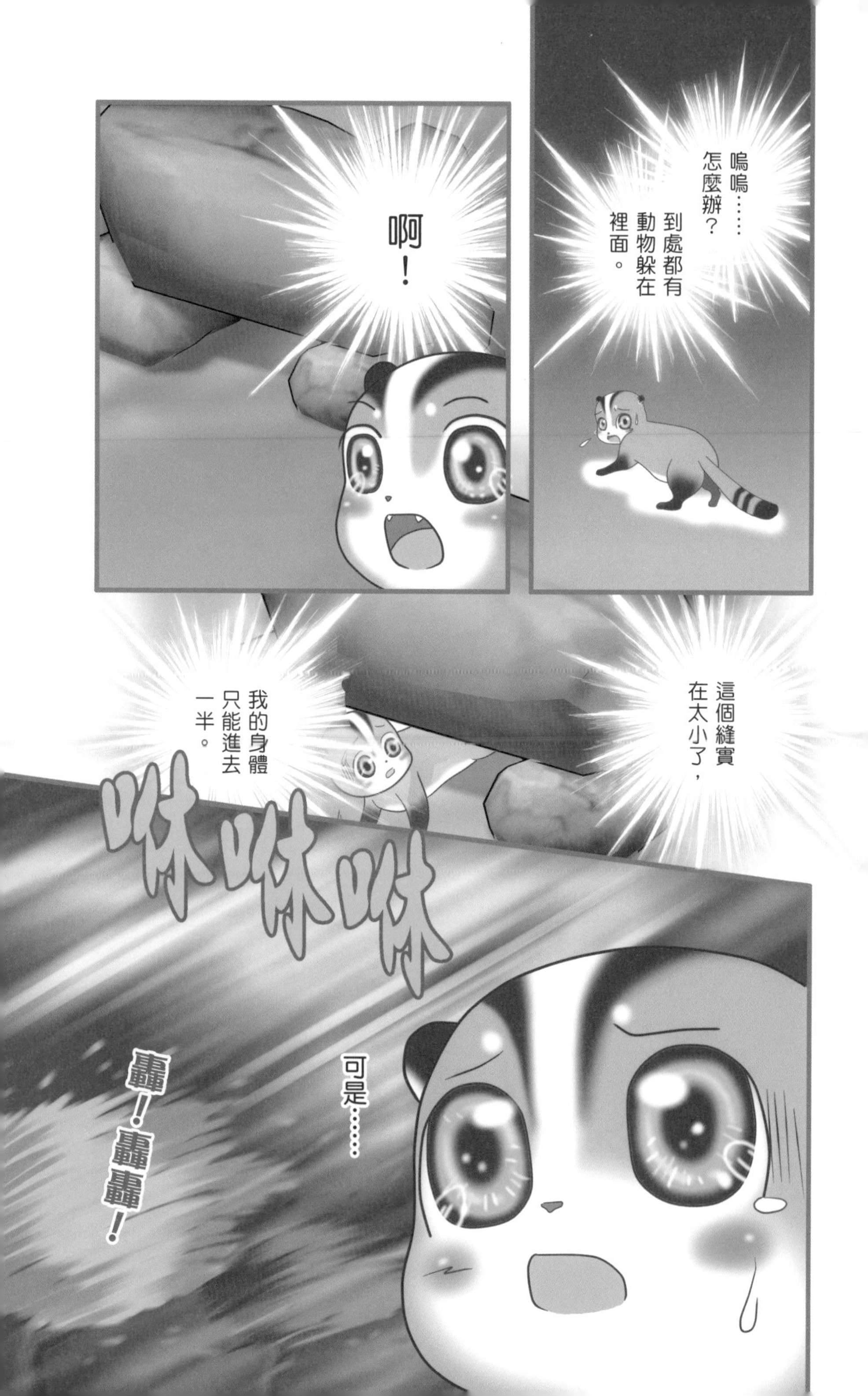
嗚嗚……怎麼辦？
到處都有動物躲在裡面。
啊！
這個縫實在太小了，
我的身體只能進去一半。
咻咻咻
可是……
轟！轟轟！

不管了，
總比沒地方躲要好。
轟轟
嘩嘩
呼~~咻咻~~
啪啪啪

轟嘩嘩嘩
嗚～～好痛！
好冷～～
咻咻咻
咻—
滴！

咻咻！
咻咻！
……
風雨總算過了。
嗚~~怎麼還是覺得好冷？

昨天身體大部分都在外面……吹風淋雨……
……
咚！
好冷，我好難受～～
喀踏！喀踏！

?
喀踏!喀踏!
人類嗎?
完了……
我……
我就要這樣死掉了嗎?媽媽?

第8章

動物新樂園

啾啾!啾啾!
好懷念的感覺。
這裡是……
啊!是我的家!

大樹爺爺！
我死了嗎？所以才能見到你？
小貍，不要放棄希望！
大樹爺爺！
為什麼？為什麼教我不要放棄？

我已經很努力了～～
努力的找尋媽媽……
努力的從人類的手中逃走……
可是……
可是……
媽媽不見了，怎麼找都找不到。我已經不知道要往哪裡走了。
小貍，不管發生什麼事，
都不要放棄希望……
爺爺！
爺爺！
你別走！

爺爺！
啊！
咦？這裡是……
我又被關在籠子裡了！
這裡是哪裡呀？
你醒啦？你昏睡了兩天，我們好擔心喔～～
你是誰啊？

我是山羌，我的名字叫阿德。
阿德哥哥你好，我是小狸。
我們為什麼會在這裡？
這裡是野生動物收容中心——我們動物的避難所。
你看！我之前被捕獸夾夾傷、開始潰爛的腳，已經被治好了。

你是說，這些人類會幫助我們？
對啊！他們真是我們的大恩人。
這裡的人把受傷的我們帶回來治療和照顧，等到完全康復了，再把我們帶回大自然。
我不相信！
人類不會對我們好的，他們只會破壞森林、傷害我們！
話不能這麼說，我以前也遇過友善的人類，人類裡面有好人也有壞人。
好人……
真的是這樣嗎？我真的能相信人類嗎？

對了，
我昨天有看到另一隻果子貍。
喀嚓！
另一隻果子貍？
來！幸福，
你的腳傷好得差不多了，
很快就可以回到大自然囉！
啊！

媽媽！
小貍！
媽媽！媽媽！真的是媽媽！
小貍！
我的心肝寶貝！

媽媽，我再也不離開你了，媽媽！
小貍，我的寶貝，媽媽也不會離開你的！
這小果子貍不會是你的孩子吧？幸福，是你的小孩嗎？
嗚…
嗚…
看來好像是牠的寶寶耶～～
嗯！

那…我先把你們安排在兩個相連的籠子裡，等確定你們相處沒問題後，再讓你們待在同一個籠子。這樣好嗎？幸福。
「幸福」？
是這位大姊姊幫我起的名字，
我也很喜歡。
小貍……
媽媽……

嗚……我眼淚都飆出來了。
別哭了！你哭的樣子好難看。
你自己還不是哭個不停……
太好了，能夠母子重逢。
嗯！想不到會有這樣的發展，我也很驚訝。
幸福媽媽跟小寶寶能重逢，真是太好了！小寶寶就叫作「快樂」吧！
過了兩天，小貍的身體漸漸康復了，就被安排和媽媽待在同個籠子裡。
媽媽，這些人和捉你的那些人好像不太一樣。

是啊，那一天真的很可怕！
我被關在籠子裡好幾天。有一天，他們把我從籠子抓出來綁住，我看到了盤子、刀子、鍋子……心想，可能永遠都見不到我的小狸了。
還好，這群人及時趕到，救了我們好多的夥伴，大家都好感激呢！
孩子，你呢？你是怎麼到這裡的？

我在森林遇到颱風，被風雨吹得暈倒了，是這些人把我帶到這裡的。
喔！孩子，
你受苦了。
媽媽，大部分的人類都是好人，對不對？
嗯，該怎麼說才好呢？可能是吧？
喀嚓～

來！幸福、快樂，
今天是你們回家的日子。
嘰

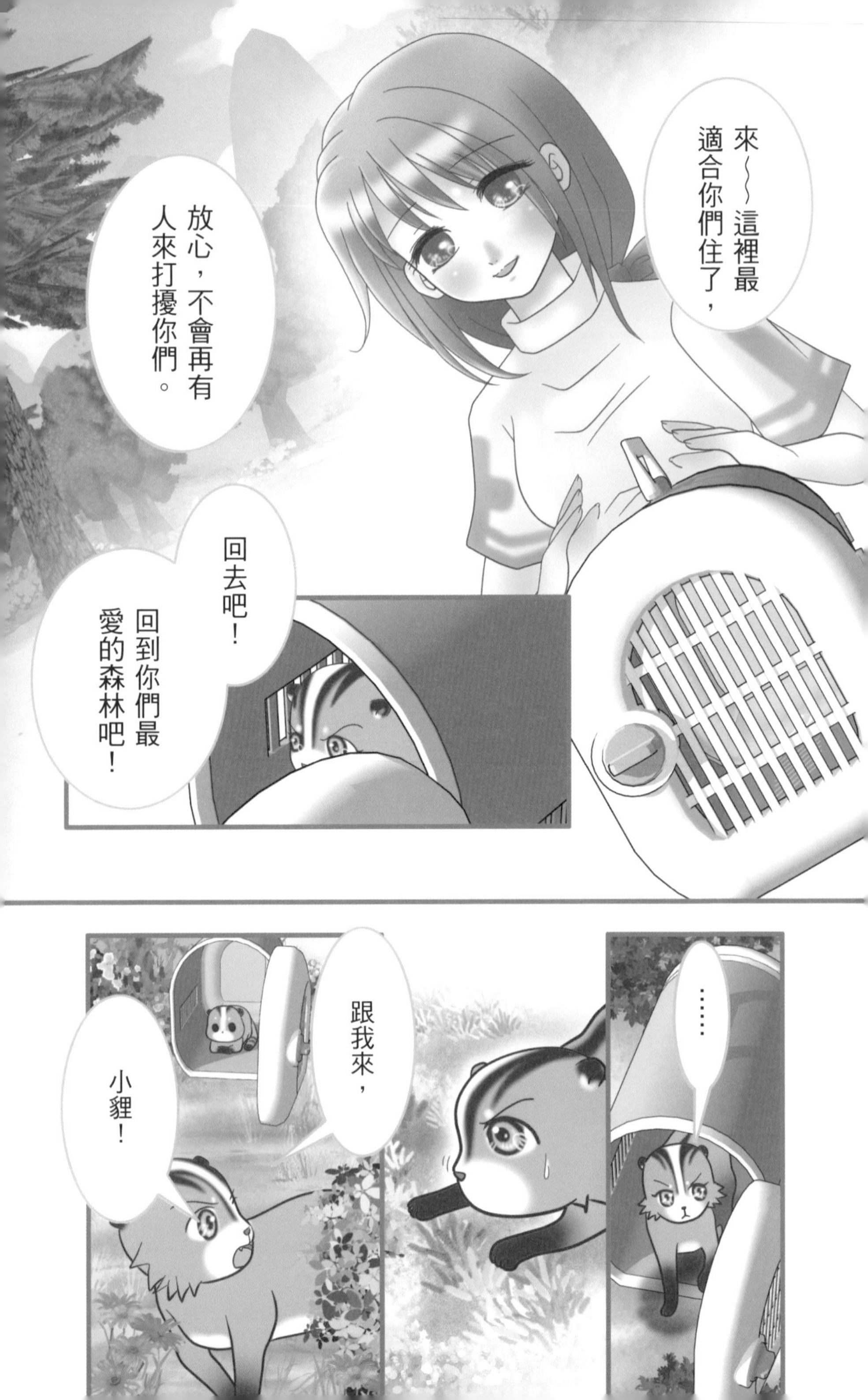
來～～這裡最適合你們住了，
放心，不會再有人來打擾你們。
回去吧！
回到你們最愛的森林吧！
……
跟我來，
小貍！

走吧！
再見了～～～
幸福跟快樂～～要幸福喔～～

小貍，是這裡沒錯，這就是我們要找的地方。
哇！我好愛這裡喔！
媽媽，我們要在這裡住下來嗎？

是啊，這裡是我們動物的天堂，是我們的新樂園。
希望這個樂園能持續下去，人類不要再來破壞了。
是飛鼠。他們的動作好快，
在樹林裡來去自如耶！
多多不知道到了沒？
希望他一路平安。

多多！
誰在叫我？
我昨天剛到。
照理說，你應該比我先到才對啊？小貍。
唉～～
我在中途遇到了很多事，以後再慢慢告訴你吧！

看來，你好像碰到不少困難呢！
對了，你那位朋友也到了，
昨天我有遇到他。
他又把我的手弄得黏膩膩的……
胖胖嗎？
他們到了嗎？太好了！

媽媽，我先去找胖胖了。
多多，明天我和胖胖一起來找你，再見！
終於，
好久⋯⋯
沒有這麼開心的說再見了！
我可以不再害怕不能再見面而不說再見⋯⋯

這綠色屋頂，好美。
對啊，
吹著涼爽的風，聽小鳥唱歌，真是幸福。
這真是我們的新樂園，希望永遠、永遠都不要離開這裡。
只要人類不來，我們就不用走了。
人類……

希望有一天，我們能和人類真心的做好朋友……
全篇完

品格漫畫館08

小小果子貍找媽媽

小貍不要哭

作　者：蘇晉瑩
發行人：楊玉清
副總編輯：黃正勇
編　輯：趙蓓玲
美術設計：雅圖創意

出　版：文房(香港)出版公司
2018年9月初版一刷
定　價：HK$48
ISBN：978-988-8483-42-6

總代理：蘋果樹圖書公司
地　址：香港九龍油塘草園街4號
華順工業大廈5樓D室
電　話：(852) 3105 0250
傳　真：(852) 3105 0253
電　郵：appletree@wtt-mail.com

發　行：香港聯合書刊物流有限公司
地　址：香港新界大埔汀麗路36號
中華商務印刷大廈3樓
電　話：(852) 2150 2100
傳　真：(852) 2407 3062
電　郵：info@suplogistics.com.hk